ADOLF SNA hARDA

© An bunleagan: Mangschou AS, Bergen, An Iorua, 2007.
© An leagan Gaeilge seo: Cois Life, Baile Átha Cliath, 2008.
Dearadh agus léaráidí: Marvin Halleraker

ISBN: 978-1-901176-81-0

Bord na
Leabhar
Gaeilge

Tá Cois Life buíoch de Bhord na Leabhar Gaeilge agus
den Chomhairle Ealaíon as a gcúnamh.
Fuair an foilsitheoir cabhair airgeadais ó Idirmhalartán
Litríocht ÉireannTeo.,
(An Ciste Aistriúcháin), Baile Átha Cliath, Éire.
www.irelandliterature.com

info@irelandliterature.com

Clódóirí: Betaprint
www.coislife.ie

ADOLF SNA HARDA

MARVIN HALLERAKER

Aistrithe ón Ioruais ag
Treasa Ní Bhrua agus
Magnus Vestvoll

Ní théadh Adolf abhaile tar éis na hoibre ní ba mhó. Bhí sé tar éis bogadh isteach sa chraein ar na dugaí.

Níor airigh daoine uathu é ar aon nós.

D'oibrigh Adolf ó mhaidin go hoíche. Ní raibh mórán eile le déanamh i gcraein.

Ach gach oíche beagnach, nuair a bhí a lá oibre caite, théadh sé suas ar an díon chun seinm ar an bhflúgal-chorn.

Bhí muintir na cathrach in ann an fonn
ón gcorn a chloisteáil, ach ní raibh
a fhios ag éinne cad as a bhí an ceol
aoibhinn ag teacht.

Bhí míle is céad céim ar an mbealach aníos go dtí cábán na craenach. Níor thug éinne cuairt ar Adolf riamh, seachas aon lá amháin sa mhí nuair a thagadh an glantóir.

D'fhéach Adolf chuige i gcónaí go mbeadh go leor le déanamh aige an lá sin.

Bhí na glantóirí go léir mar a chéile. Chaithidís an lá ar fad ag cabaireacht.

Ach lá amháin tháinig bean nua chun an áit a ghlanadh. Thaitin sí le hAdolf láithreach bonn.

– Ramona is ainm dom, ar sise. Agus b'in an méid a dúirt sí.

Thit gach rud as a chéile tar
éis do Ramona a bheith sa
chábán.

Ghlaoigh saoiste an
chalafoirt ar Adolf: – Cad atá
ar bun agat, a thiománaí?
Tá tú ag baint lasta as an
long mhícheart! An bhfuil
tú breoite? ar seisean, ag
béiceadh isteach sa teileafón.

Ach ní raibh ar a aigne ag
Adolf ach amháin nach
mbeadh Ramona ar ais go
ceann míosa eile.

Thóg Adolf peann agus scríobh sé ar an bpáipéar ba dheise a bhí aige.

A Ramona, níl aon bhean eile mar tú. An mbuailfeá liom ar Ché 4 in aice le R-324-N, ag 19.00 Dé hAoine? Gach dea-ghuí ó Adolf tiománaí na traenach. Tábhachtach! Beir clogad leat.

I lár na hoíche, d'éalaigh sé síos na céimeanna go léir agus trasna na gcéanna go dtí an oifig riaracháin. Ansin chuir sé an litir isteach sa bhosca poist.

Tháinig aiféala air láithreach. Cad a dhéanfadh sé mura dtiocfadh Ramona? Agus fiú dá dtiocfadh sí, cad a déarfadh sé léi?

Ar an Aoine dhúisigh Adolf
ní ba luaithe ná mar ba
ghnách.

Ar an mbord sa chistin, bhí
na bláthanna, an cáca milis
agus an caife breise a bhí
ceannaithe aige.

Chuir sé a chulaith ghorm
agus a charbhat cuachóige
air sular fhág sé an cábán.

Albert Herb:
Flügelhorn

Tháinig an tráthnóna, agus bhí ciúnas ar na céanna.

An dtiocfadh sí? Choinnigh
Adolf súil ghéar ar an
mbóthar isteach sa
chalafort. Sea! Bhí duine
éigin ag teacht i dtreo Ché 4.
– Ramona! Agus is mise,
Adolf, atá á lorg aici.

Bhí na bláthanna, úim
shábhála agus cárta le
treoracha air crochta ar an
gcrúca aige.

Dhúisigh sé an t-inneall chun an chraein a iompú i dtreo Ché 4.

Díreach agus é ar tí an crúca
a ísliú, thug sé faoi deara
go raibh rud éigin ag corraí
ag ceann na géige. Bhí cat
beag i ngreim daingean
uirthi. Ní raibh an cat in ann
dul siar ná aniar. Bhí Adolf
ina thiománaí craenach le
blianta fada ach ní raibh a
leithéid feicthe aige riamh.

Thug sé sracfhéachaint síos
ar Ramona.

Chuaigh **Adolf** síos an dréimire ón léibheann agus amach ar ghéag na craenach. Bheadh air déanamh gan fearas sábhála inniu.

Diaidh ar ndiaidh rinne sé a bhealach suas ar an ngéag.

Bhí an cat ag siosadh is ag scríobadh, ach d'éirigh le hAdolf é a fhuascailt agus a chur isteach ina mhála droma.

Anois bheadh air dul ar ais go dtí an cábán agus Ramona a tharraingt aníos.

Ach ní raibh éinne ag fanacht
ar Ché 4 ní ba mhó.
– Bhuel, sin sin, arsa Adolf
leis féin. Níl fágtha anois ach
mé féin is an chraein.....

Mhúch sé an t-inneall, chuir
sé an glas ar na doirse agus
luigh sé ar a leaba luascáin.
Níor bhlais sé an cáca, fiú
amháin.

Ansin chuimhnigh sé ar an
gcat. An créatúirín bocht!
Cad a dhéanfadh sé leis in
aon chor? D'éirigh Adolf arís
agus lig sé an cat amach as
an mála. B'fhéidir go mbeadh
sé in ann glaoch ar an
nuachtán, le go bhféadfadh
na húinéirí é a fháil ar ais?

Chuidigh an bhean in oifig an
nuachtáin leis fógra beag a
chur le chéile:

PUISÍN faighte i gcraein.
Gnéithe speisialta: rua, le lapaí
bána. Breá leis dreapadh.

Thóg sé tamall ar Adolf dul a chodladh an oíche sin. Bhí sé ina luí ag comhaireamh na réaltaí.

– Tá na réaltaí is mé féin ag breathnú anuas ar mhuintir na cathrach. Ach tá a lán réaltaí ann, agus tá mise liom féin.

An mhaidin dar gcionn,
dúisíodh Adolf go moch nuair
a buaileadh cnag ar an doras.
– Ramona! D'éirigh sé as
an leaba luascáin, bhain sé
na roic as a chulaith agus
d'oscail sé é. Bhí strainséir
taobh amuigh.

– Dia dhuit ar maidin. Feicim
go bhfuil tú gléasta cheana
féin. Bjorn Tender is ainm
domsa, agus is ón nuachtán
mé.
– Caithfidh go bhfuil tú ag an
gcraein mhícheart. Tá obair
le déanamh agam, agus ní
léim nuachtáin ar aon nós.
Slán leat. D'fhéach Adolf leis
an doras a dhúnadh.

Ach níor imigh fear an nuachtáin, agus sula bhféadfadh Adolf an doras a dhúnadh, isteach leis sa chábán.

– Cloisim gur laoch tú. Tharraing Tender amach an ceamara ab fhaide dá bhfaca Adolf riamh.
– Nílim ach ag déanamh mo jab, agus anois caithfidh tú imeacht!
– Dála an scéil, bhí siad seo crochta ar do chrúca. Ba bheag nár bhuail mé ina n-aghaidh laistíos. Rinne Tender gáire agus shín sé amach bláthanna agus cárta Ramona.

Thóg Adolf iad, gan focal a rá.

– Go raibh maith agat as an agallamh, arsa Tender. Go tobann ghlac sé grianghraf d'Adolf, díreach san aghaidh air, agus síos na céimeanna leis.

Ní raibh bád ar bith ar na
dugaí ná taobh leis an gcé.

Ghlac Adolf lá saoire. Ní
raibh rud mar sin déanta
aige riamh roimhe sin.

Thóg sé amach a shean-
fhlúgalchorn agus suas leis
ar dhíon an chábáin.

Nuair a sheinneadh sé ar an gcorn, bhíodh sé in ann gach rud deacair a ligean i ndearmad. Ach an uair seo, ní mar sin a bhí.

Cúpla lá ina dhiaidh sin,
nuair a bhí a lá oibre
beagnach caite, tháinig sé
ar nuachtán lasmuigh den
doras. Ar an leathanach
tosaigh bhí pictiúr mór
d'Adolf.

Bhí air suí síos. Bhí Tender
tar éis scríobh faoi na
bláthanna, agus faoin gcárta
á rá le Ramona go bhféadfadh
sí suí ar an gcrúca le go
dtarraingeofaí suas go dtí an
cábán í. Agus go raibh caife
agus cáca aige di.

Anois tá daoine ag gáire fúm
arís, arsa Adolf leis féin.
Tá Ramona féin ag gáire
fúm anois. Agus is dócha
go bhfuil an saoiste ar buile
toisc gur úsáid mé an
chraein tar éis na hoibre.

Bhí litir i gceangal leis an nuachtán. Ó bhainisteoirí an chalafoirt, is dócha. Á bhriseadh as a phost, cinnte.

Mar sin féin, d'oscail sé an litir agus léigh sé í.

A Adolf, a chara. Léigh mé an nuachtán seo agus an cur síos ar an tarrtháil mhór. Is breá liomsa ainmhithe leis. Más mian leat fós é, ba mhaith liom teacht ar cuairt chugat tráthnóna inniu. Am céanna, áit chéanna.
Ramona

Rith Adolf isteach sa chábán agus thóg
sé amach a dhéshúiligh. A thiarcais!
Bhí sí ina seasamh laistíos!

Thosaigh a chroí ag preabadh.

Arís, d'iompaigh sé géag na craenach i dtreo Ché 4 agus d'ísligh sé an crúca. Thóg Ramona cúpla coiscéim siar agus ansin shuigh sí ar an gcrúca.

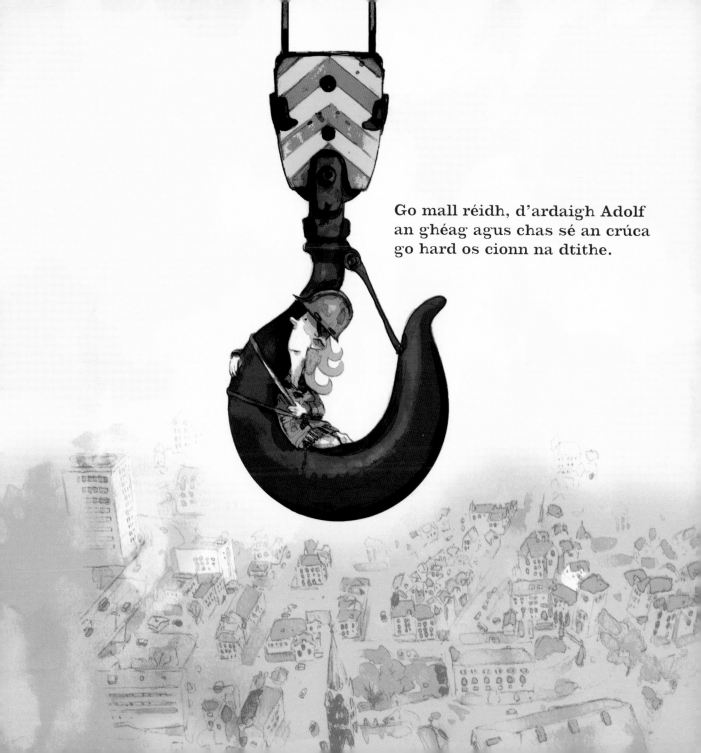

Go mall réidh, d'ardaigh Adolf
an ghéag agus chas sé an crúca
go hard os cionn na dtithe.

Chuaigh sé amach ar an
léibheann chun cabhrú léi.

– An seinneann tú? Shín
Ramona a méar i dtreo an
fhlúgalchoirn ar an mbord.
– Dom féin amháin.
– Tá tiúba agamsa. Ach
níl éinne agam le seinm in
éineacht leis.
– Beidh caife againn ar dtús!
Thug Adolf cupán di.
– Uachtar?
– Ní bheidh, go raibh maith
agat. Tógaim dubh é, arsa
Ramona, agus aoibh uirthi.
– Mise leis, arsa Adolf, agus
dhún sé an doras.